Première édition dans la collection *lutin poche* : novembre 2000
© 1996, l'école des loisirs, Paris
Loi numéro 49 956 du 16 juillet 1949 sur les publications
destinées à la jeunesse : septembre 1996
Dépôt légal : novembre 2003
Imprimé en France par Pollina S.A., 85400 Luçon - N°L91637

Claude Boujon

La chaise bleue

lutin poche de l'école des loisirs
11, rue de Sèvres, Paris 6ᵉ

Ce jour-là, Escarbille et Chaboudo
se promenaient dans le désert.

« Il n'y a pas grand monde », dit Escarbille.
« C'est désertique », grogna Chaboudo
qui aimait la précision.
« Ah ! Voilà du nouveau », annonça Escarbille
en désignant une tache bleue, au loin.

Ils s'approchèrent et découvrirent une chaise.
« C'est une chaise », dit Escarbille.
« C'est une chaise bleue », compléta Chaboudo…

…qui s'en fit immédiatement un abri.
« J'aime bien les chaises », déclara-t-il,
« on peut se cacher dessous. »

« C'est le minimum du minimum »,
lança Escarbille. « Une chaise c'est magique.
On peut la transformer en traîneau à chiens,
en voiture de pompiers, en ambulance,
en voiture de course, en hélicoptère,
en avion, en tout ce qui roule et vole...

…et tout ce qui flotte aussi. »
« Mais alors, gare aux requins
qui rôdent aux alentours »,
ajouta Chaboudo
qui prenait goût au jeu.

« Et ce n'est pas tout », reprit Escarbille.
« En deux temps trois mouvements, elle devient
un bureau, un comptoir. Il n'y a rien de mieux
pour jouer à la marchande. »

« Oui », approuva Chaboudo, « une chaise, c'est vraiment magique, mais c'est aussi très pratique. Si tu montes dessus, tu deviens aussi grand que le plus grand de tes amis…

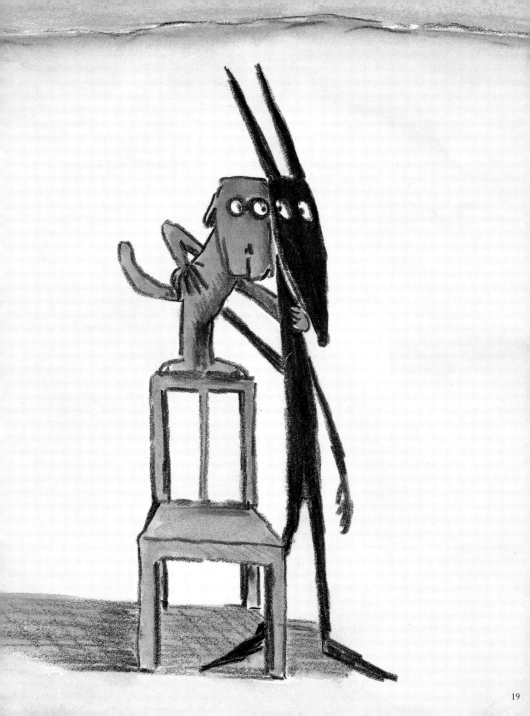

…Tu peux également t'en servir
pour te défendre contre les fauves.
Il n'y a pas de meilleur moyen
pour empêcher l'animal sauvage
de croquer le dompteur. On voit ça
dans tous les cirques.»

« Et dans les cirques », poursuivit Chaboudo sur sa lancée, « des acrobates, des jongleurs s'en servent pour exécuter des numéros formidables. Tout comme ça. »

Escarbille ne voulait pas être en reste.
« À mon tour, à mon tour ! Tu oublies
les équilibristes », s'écria-t-il en joignant
le geste à la parole.

Non loin de là, un camélidé
– il n'est pas rare de rencontrer
une telle bête dans le désert –
observait avec sévérité les exercices
des deux amis.

Il s'approcha en silence
et tout à coup s'exclama :
« Non, mais ça va pas la tête !
Qu'est-ce que c'est que ce cirque ? »

Boum, patatras, fin du jeu.
« Une chaise », dit-il, « est faite
pour s'asseoir dessus. »

Et il s'installa sur le siège,
bien décidé à n'en plus bouger.

« Partons », dit Escarbille à son ami,
« ce chameau n'a aucune imagination. »
« Et en plus, ce n'est même pas un chameau,
il n'a qu'une bosse, c'est un dromadaire »,
ajouta Chaboudo qui aimait la précision.